이상교

1949년 서울에서 태어나 강화에서 자랐습니다. 1973년
어린이잡지 『소년』에 동시가 추천되면서 작품 활동을
시작, 1974년 조선일보 신춘문예 동시 부문에, 1977년
조선일보, 동아일보 신춘문예 동화 부문에 각각 당선
하였습니다. 그동안 동화집 《붕어빵 장갑》, 《처음 받
은 상장》, 동시집 《찰방찰방 밤을 건너》, 《우리집 귀뚜
라미》, 그림책 《연꽃공주 미도》, 《소가 된 게으른 농
부》, 필사본 《마음이 예뻐지는 동시, 따라 쓰는 동시》
등 수많은 주옥같은 작품들로 어린이들의 마음을 어
루만져 왔습니다. 세종아동문학상과 한국출판문화상,
박홍근 아동문학상을 수상하였고, 동시집 《찰방찰방
밤을 건너》로 2020년 권정생문학상을 받았습니다. 동
시집 《예쁘다고 말해 줘》는 2017 국제아동청소년도
서협회(IBBY) 어너리스트에 선정되어 독일, 스위스,
미국, 일본 등 회원국 도서관에 영구 보존됩니다.

농담처럼
또 살아내야 할
하루다

일러두기

- 글의 정서를 효과적으로 표현하기 위해 작가의 입말과 방언을 허용하였습니다.

- 직접 인용문에 큰따옴표 대신 붙임표(—)를 사용하였습니다.

- 본문 인용 노랫말 〈희망가_채규엽〉(166쪽), 〈저 부는 바람_김민기〉(187쪽)

농담처럼
또 살아내야 할
하루다

이상교 글과 그림

오늘산책

차례

오른쪽 가르마

햇살이지 않으면 구름, 구름 아니면 안개, 비 또는 눈발이었
다. 이승은 날씨나 하늘이나 지루할 겨를 없었다.

밤새 빗소리에 귀를 젖게 하고, 쏟아지기 시작한 눈발이 그칠
지 몰라 섣불리 창문을 열지 못했다. 크게 소리 내 말하지도
못했다.

일흔 너머까지도 멀쩡하다면 새로운 연애를 시작할 것이다,
마음먹었다. 이른 아침, 흙마당의 마른 풀냄새에 눈을 뜨고
방금 내린 뜨거운 커피를 마실 것이다, 했다. 뜰 작은 탁자에
내려앉은 볕살을 눈부셔하느라 눈살을 잠깐 지푸릴 것이다,
했다.

머리 가르마 탈 일이 없는데도, 머리 손질을 할 때면 오른쪽

가르마를 말하곤 한다. 소용없이도.

어머니는 여전히 볕바른 안당 한쪽에서 큰 나무주걱으로 고추장거리를 저으며, 희푸른 장작 연기를 매워하실까. 아직 나의 오른쪽 가르마를 기억하고 계실까.

홀홀히, 총총하게도 기쁘다.

2020. 11월

이상교

꽃이 한창일 적

비는 내리지 말 것

나는 가붓한
혼자가 참 좋다

혼자면

바람이 되었다가

햇볕이 되었다가

개울물이 되었다가

미루나무가 되었다가

개망초가 되었다가

소나기가 되었다가

무지개가 되었다가

별별 것이 다 된다.

빵집 테라스

새벽에 비 내리는 걸 알았다.

물론 가만가만 빗소리를 들었다.

지금 비는 그친 걸까.

짐짓 내어다보는 일은 삼간다.

와도 그만, 더이상 오지 않아도 그만이기 때문이다.

목말랐던 풀들, 나무들이 목을 축였을 터이니 잘되었다.

나는 이내 긴 다리에 바지를 꿰고

종이돈 몇 장을 주머니에 담아 밖으로 향할 것이다.

가까운 빵집 테라스 의자에 앉아

빵 한 개와 함께 우유 한 팩을 마셔도 좋을 것이다.

바람이야 불겠지.

간간 사람들이 지날 터이지.

승복을 입은 듯 보이는 비둘기 몇 마리

땅바닥을 기웃대며 시주를 구할 터이지.

이를 닦고 세안을 말끔히 마친 터라

얼굴을 스치는 바람결은 매끄럽다.

당분간은 근심이 없기로 한다.

꽃이파리

밖에 나가면 벚꽃 망울진 걸 보게 될지 모른다.

조금 놀랄 준비를 하고 나무를 올려다볼 생각이다.

꽃이 한창일 적 비는 내리지 말 것.

시들지도 못한 꽃이파리,

길바닥에 점점 흩어져 찍혀 있는 걸 볼 순 없다.

물

베란다 물청소를 보이는 만큼만.

기운이 난다.

물은 정화, 치유, 너그러움 등의 능력을 갖춘 듯.

흐르는 물기슭에 섰어도 그건 마찬가지.

흐르는 것들은 대개 같다.

물도 공기도 노래도 세월도

오래 전의 실연 또한.

오롯한

혼자서가 아니면 놓치고 말 것이 세상에는 참으로 많다.

경험에 비추어 보건대

혼자일 때 비로소 말을 걸어오는 것은 사뭇 많다.

아무에게도 방해받지 않는 때,

삼라만상과의 교감이 이루어지는 때,

보이지 않을 것, 들리지 않을 것이 다 보이고 들리는 경지에

이르는 것이렷다.

나는 그처럼 앞으로도 주욱 혼자일 것이다.

오롯한 혼자.

그리움

신촌 시외버스 정류장에서 강화행 버스를 타기로 한다.
가는 길목에 나무는 헤아릴 수 없이 서 있을 것이다.
가는 동안, 차창 앞 스치는 나무들과
이른 겨울 빈 벌판을 보게 될 것이다.
버스 차창을 타고 들어오는 눈부신 햇살에 눈을 찔려
허튼 눈물 한 방울이 스며 나올지 모른다.
돌아보면 아쉽고 안타깝고 딱하지 않은 것이 드물다.
언제라도 그리운 곳,
어린 시절을 보낸 강화군 길상면 초지리 그 기슭이다.
그곳엘 간다.

길고양이

내가 만일 관계부처의 높은 데 사람이라면 전국에 있는

모든 아파트 내에 아주 작은 분수대를 만들게 하리라.

조금쯤 외진, 냥이들 길목에 말이다.

분수의 물은 작은 도랑을 통해 졸졸 흐르게 하리라.

어제, 땡볕에 굶주린 데다가 목까지 말라

허덕허덕 길을 걷는 길고양이를 보았다.

한 모금 물이 아쉬웠던 때를 경험했던 이는 알 것이다.

배고픔은 물론 목마름의 고통은 얼마나 큰지.

어제 그 땡볕 아래 길고양이, 여지껏도 맘 아프다.

어느 날

유보된 기쁨처럼 사납지 않은 비가 내리길.
그리하여 길바닥에 점점 떨어진 벚꽃 잎이
많이 애처롭지 않길.
그리고 나는 차분하고 잠잠하며 고요하길.
아무도 내게 말 걸어오지 말길.

하루 중

5초에 걸쳐 생각했다.

남편이 곁에 있다면 좋겠지.

덜 적적하겠지.

하루 중 5분 동안은 괜찮을 것이다.

황○진

어쩌다 커피 한 모금 마셔볼까 하면 약 먹을 타임이다.
약 먹고 어쩌다 보면 또 끼니때다.
간만에 초등학교 동창에게 전화를 걸다.
−참죽나무 순이 먹고 싶구나.
황○진. 자기는 나무를 잘 타니 마을 한 바퀴를 돌아
구해보겠단다.
−그만두어. 그러다 나무에서 떨어지면 일난다.

말만으로도 고맙다. 동창끼리는 비슷하게 늙어간다.
특히 초등 동창끼리는.
내가 조금이라도 멀쩡하다면 놀러가서 술도 사고
안주도 사고 노래도 불러주고 싶다.
〈봄날은 간다〉.
그래, 봄날은 가는 중이다.

처마 끝

소나기가 곳곳을 기습해올 거라니까 기대된다.

갓 삶은 옥수수 한 자루를 손에 들고,

처마 끝에 쪼그리고 앉아

소나기 내다보던 때가 생각난다.

그 시절의 내가,

늙어가는 나의 한쪽 구석에

여전히 쪼그려 앉아 있는 게 보인다.

처량맞거나 구슬프지는 않다.

손에 쥔 한 자루 옥수수가 좀 뜨거울 뿐.

ㅡ애야, 이리 온.

위안

비가 주룩주룩 소리 내며 온다.
몇 마리 매미는 비 맞으면서 운다.
비옷 입고 재활용품 내다놓았다.
움푹 패어 물이 괸 데를 보았는데,
송사리 한 마리도 안 뵌다.
강화 초지리 개울물가 풀섶 물고기들은
얼마나 행복했을 것인가.
비 오는 날엔 더구나.

새삼 나는 詩쓰기를 참말 잘했고나, 생각한다.
그래서 좀 덜 마음 아플 수 있고나, 생각한다.

청승

가끔 청승.

저녁 무렵 자리에 모로 누워 청승떨기 모드에 돌입.

이난영의 〈봄날은 간다〉를 네댓 번은 불렀다.

말리는 이 없으니 막힘없는 청승.

청승 떤 이후 나의 영혼은 더없이 고양해진다.

바람

앞베란다 창을 반쯤 열고 앉아 바람 구경을 했다.

하늘도 창을 닫아 바람은 저 혼자 펄럭이며 돌아다녔다.

구름이 성급히 오락가락할 걸로 알았는데

생각 밖으로 의연하다.

바람인지 구름인지 낮게 구궁궁 구궁 소리 내는 건

처음 듣는 듯.

바람에 등 떠밀리지 않으려면

꼼짝없이 집 안에 박혀 있어야 한다.

바람이 구름에게 말을 거는 것일지 모른다.

－구웅궁 구우우웅.

베란다
지금
꽃밭에
쉰 송이 나팔꽃이 피
어나면 • 아침마다 나는
쉰 개 해님을 맞이할
것이다. 작고도 남루한
쉰송이 나팔꽃이 맞아
들임.

비

정신이건 몸이건 어수선한 날 비까지 내리면
좀더 어수선하다.
비는 촉촉한 음성 또는 나직한 소곤거림으로
연약한 나를 흔들어대기 때문이다.
우산은 또 우산대로 머리 위에 좌악 펼쳐져
끊임없이 도란거림으로.
비는 천지에, 지척지간에
하고 싶은 말이 참 많기도 하다.

모과

아파트 경비실 앞을 지나는데 평소 낯익힌 경비 아저씨와
다른 동의 경비 아저씨가 모과나무 아래에서 긴 막대를
휘두르고 계셨다. 익은 모과를 따내는 듯.
모과라…. 나무 밑에 혹시 귀퉁이 조금 상한 모과 한 개라도
떨어져 있을지 둘러보았다. 반이 넘게 시커멓게 썩은 놈이
한 개 떨어져 있긴 하다.
주울까 망설이는데
—한 개 드릴까요?
묻는다.
—좋지요!
손안에 든 모과 한 덩이는 살갗이 조금 끈끈하긴 하나,
향기는 참으로 고웁다.
모과 한 덩이로 내 남은 늦가을은 덜 고달플 터이다.

시린 발

밖엔 찬 비.

아직 덜 운 귀뚜리의 시린 발 젖겠고나.

그 발에 바늘귀만 한 양말 만들어 신기고 싶구나.

쏟아낸 말

말이 좀 많아졌구나, 싶다.

누가? 내가.

좋은 일인 것 같지는 않다.

대체로 혼자 있어 입을 다물고 지내는 시간이 많은데,

누군가와 만나 이야기를 시작하면 한없이 쏟아낸다.

다시 혼자 있게 된 시간,

쏟아낸 말들을 어떻게 다 주워 담아야 옳을지 근심한다.

살아 있는 동안 쏟아낼 말의 양이 있어 그런 것이니

걱정 말라며 누군가 위로한다.

그래, 하는 수 없이 이따금 혼잣말을 주워댄다.

혼잣말도 말은 말일지니.

통화

전화가 올지 모르지,

기다린다.

딱히 올 데는 없다.

기다리다못해

딱히 할말도 없으면서 내가 먼저 전화한다.

안 받아도 통화한 셈 친다.

하루 두세 번 그런다.

나이들어 그것도 흉 아니다, 한다.

한숨

새벽 이르게 침대벽에 기대앉아 한숨을 쉰다.

번뇌가 끊임없으니 한숨 또한 끊임없다.

머리카락을 좀 짧게 다듬어

번뇌 또한 줄었으려니 했는데….

걱정은,

한숨이 내 기대앉은 침대벽으로 옮아

어느 날 벽이

휴우, 한숨을 토해낼는지 모르겠다는 데에 있다.

-휴우.

북한강 물안개

가스레인지 그릴에 처음으로 고구마를 굽는다.

젓가락이 안 들어가 안 익은 것으로 알았는데 탔다.

타는 중이라 젓가락이 안 들어갔던 것이다.

그래도 어쨌든지 굽는 일에 성공했다.

이따가는 감자도 몇 알 구워 먹을 것이다.

고구마 탄 냄새가 낙엽 태우는 냄새보다 여엉 못하지만,

조금 산산하다 싶은 초겨울 아침 탄 냄새는

코에 그리 나쁘지 않다.

아무 소리 들리지 않는 조용한 아침이다.

어디 물가에 물안개 피어나고 있음직한 아침이다.

가수 정태춘이 부르는 〈북한강에서〉가 들림직한 아침이다.

나는 구운, 탄 고구마를 잘 발라 먹을 것이다.

눈물

밖이 궁금하다.

지팡이 두 개를 짚고 나가볼까 생각 중이다.

멀리는 못 나간다.

집병아리같이 집고양이같이 근처를 돌다 들어와야 할 것이다.

밖에는 바람이 소슬할 것이다.

시간은 잘도 간다. 시간이라도 잘 가니 다행이다.

어제 지팡이 한 개 짚고 밖에 나갔다 왔는데,

힘이 들어 가슴이 두근두근 뛰었다.

한 걸음 걷는 일이 바퀴 달린 보조기 끌고 걷는 일의

다섯 배 정도는 힘이 들었다.

저녁땐 집 앞 국숫집에서 새우튀김 가케우동을 먹으려

기다렸는데, 멀쩡한 사람들이 새치기해 그냥 돌아왔다.

돌아오는데 괜히 눈물났다.

새우튀김 가케우동 먹을 돈이 없었던 것도 아닌데.

그게 지독히 먹고 싶었던 것도 아닌데.

없다

추위로 며칠 밖에 나가질 않아
그새 안 나가는 버릇이 붙고 말았다.
길은 좀 녹았을지.
아파트 뒷길 조금 덜 마른 나무의자에 앉아,
키가 좀 큰 나무에서
절벅절벅 눈밥 떨어지는 소리 듣고 싶다.
맵찬 공기에 볼이 좀 얼얼하고 싶다.
나는 이미 밖으로 뛰쳐나가 여기 없다.

달 돋는 나라

어머니는 김장 무렵, 시래기를 들통으로 몇 통이나 데쳐
말려놓으셨다. 그걸 정월 대보름에 나물로 만들어주셨는데
나는 그걸 너무도 많이 먹어 번번이 배탈이 나곤 했다.
결혼한 뒤에도 어머니는 정월 대보름 때면 시래기나물을
중간 크기 스테인리스통에 하나 가득 만들어
들고 오시곤 했다.
질기지 않고 양념과 간이 딱 맞는,
들기름에 볶아낸 시래기나물.
다른 일이라면 몰라도 어제 엄마는, 당신의 둘째가
시래기나물은 먹었는지 안부가 궁금하셨을 것이다.
저기 보름달 돋는 나라에서.

눈발

눈이다.

비보다 눈은 실은 좀더 고통이다.

빗방울에서 더 나아가 꽁꽁 얼기 전,

알맞게 사이를 벌어 부푼 꽃으로 벙그러지느라.

거의 수직으로, 빠른 시간에 떨어지는 빗방울에 비해

멀고도 먼 아득함을 기웃거리며 날리기란.

눈발이 머츰하다.

오도 가도 못하는 눈발들이 눈앞을 가로지르다.

쓸쓸

성탄절.

종일 산타가 오려나 기다렸다.

산타가 아니면 아기천사가 오려나 했다.

순록이 문을 두드리려나 했다.

그러다 하루가 꼴딱 갔다.

이제부터는 아무것도 안 기다려도 된다.

새로 지은 밥에 어묵국, 김치를 놓고 저녁 먹을 차례.

이름 붙여진 날은 더 쓸쓸한 법이다.

빗자루를 들어 방도 쓸지 말아야 한다.

쓸쓸은 쓸쓸 그대로 두는 게 좋다.

쓸쓸은 쓰르라미 노래다.

어미

저녁 무렵 우체국 다녀오던 길이었다.
왼쪽 무릎이 아파 잠깐 쉬었다 가려
작은 골목 길가 돌팍 위에 앉았다.
골목은 고즈넉, 추위와 어둠이 가볍게 와 둘러친다.
불현듯 두 딸애 생각.
나는 어떤 어미였던가.
어떤 어미이고 있는가.
집 돌아와 언 발 언 몸 녹이려 이불 속에 기어들자,
발보다 몸보다 눈시울이 먼저 녹아 물기가 비친다.
데쳐낸 가리비에 모차렐라 치즈를 얹어 전자레인지에
한 바퀴 돌린 걸 안주로 담금주 한 잔을 마신다.

어미 걱정은 말아라.

등은 가렵고

따가갑고.

죽

흰 쌀죽을 쑤어 먹었다.

어렸을 적부터 몸이 아파 입맛을 잃으면

엄마는 흰 쌀죽을 쑤어 한 대접 내게 안겼다.

간장 한 종지와 함께 둥그런 양은 쟁반에 올려서였다.

처음 보아선 좀 많다 싶은 죽 한 그릇을

말끔하게 비워냈던 기억.

죽음처럼 그릇바닥에 납족 엎드려 있는

고요한 쌀죽 한 그릇으로 나는 되살아나곤 한 것이다.

돋을 자리

가슴에 슬픔이 가득 깃든 자는 걸어라.
길의 끝까지 걸어라. 슬픔의 끝까지 걸어라.
무심히 걸어라.
어느 사이 발목은 몽롱해질 것이며
발가락에는 물집이 생길지니,
새로운 슬픔이 돋기를 기다리게도 될 터.

머언 그때

어릴 적 나는

이른 아침 집에서 한참 떨어져 있는 큰 말,

낮은 둔덕의 대추나무 밑에 곧잘 앉아 있곤 했다.

대추나무 잎사귀에 모여 있던 빗방울이

뚝뚝 머리 위로 떨어졌다.

아직 밝지 않은,

아직 남은 비가 그렁그렁한 하늘을

머리 위에 두고 하염없이 앉아 있는 것이다.

내려다보이는 논에 어린 벼 포기는 덜 무성하고

개구리 울음은 간 곳 없고.

나는 그 가운데 홀로 앉아

세상의 모든 소리에 귀를 기울이곤 했다.

그땐 이승도 저승도 무릇 머릿속에 환해

마음 내키는 대로 오고갔다.

그뿐 아니었다.

금세 달개비꽃이 되었다가

작은 보랏빛 날개 부전나비가 되었다가

실잠자리가 되었다가

마음 닿는 대로였다.

지금은 애써도 그렇게 못 된다.

검정 통치마

어려서부터 이제까지 내 몫의 설빔에 대한 이렇다 할 기억을
나는 갖고 있지 못하다.

특별히 가정 형편이 어려워서였다기보다, 부모님은
여덟이나 되는 많은 자식들에게 골고루 설빔을 마련해줄
만한 정신적 여유를 갖지 못하셨던 것이다. 옷이니 신발
따위가 흔하던 때가 아니어서 더 그러했을 것이었다.

그런 중에도 단 한 벌 설빔에 대한 기억을 오래 두고
잊지 못하고 있다. 아마도 예닐곱 살 적의 일일 것이다.

엄마는 만으로 두 살 위인 언니와 내게
저고리와 치마 한 벌씩을 손수 지어 입혔다.

지금도 많이 나아지지 않았지만 어린 그 시절부터도 나는
유달리 예뻤던 언니에게 조금 심하다 할 정도의 콤플렉스를
감추지 못하고 있었다. 언니는 희고 통통했으며 갸름하고
이목구비가 반듯하며 음전했다. 나는 과연 그 언니의
동생일까 싶을 만큼 닮아 있지 않았다.

엄마는 여섯 밤인가 일곱 밤을 꼬박 걸려서 언니 것과

내 것 두 벌을 지어내셨다. 나는 이제나저제나
엄마의 손재봉틀일이 끝나기만을 기다렸다.

마침내 엄마는 바느질을 끝낸 두 벌의 저고리와 치마를
옆에 두고, 먼저 언니 몫의 저고리와 치마를 내어놓았다.
언니의 치마는 빨강 자락치마(발끝까지 잘잘 끌리는, 치마허리가
달리고 뒤가 갈라진)였다. 그리고 연두 끝동에 흰 동정이
달린 빨간 옷고름의 초록 저고리였다. 요즘 나오는 것처럼
썩 고운 빛깔은 아니지만 어린 눈에는 세상의 다른 한 빛을
바라보는 듯 황홀했다. 속으로 저절로 '아!' 하는 탄성이
울릴 만큼 언니는 예쁘고 예뻤다. 언니의 설빔은 그렇도록
고왔다. 꿈결처럼 눈이 부셨다.

엄마는 언니에게 새하얀 버선 한 켤레를 내어 신게 했다.
그때 처음으로 눈여겨본 흰 버선, 오똑한 버선코.
버선은 송편과 너무 닮지 않았나 하는 생각을 속으로
가만히 떠올렸다. 발끝에서 발등으로 휘어진 수눅은
초승달처럼 애잔하고 고왔다(지금까지도 그 느낌은

지우지 못한다). 그리고 꽃신.

엄마는 언니를 벽에 등을 두고 똑바로 서게 했다.

나는 부러움이 그득한 눈으로 언니를 바라보았다.

아마도 엄마가 내게도 언니와 꼭 같은 저고리와 치마를

내어 입게 하리라는 기대를 버리지 못하면서.

곧이어 나 또한 엄마 앞에 차렷 자세로 세워졌다.

가슴이 쉴 사이 없이 두근두근 뛰었다.

난생 처음 입게 되는 저고리와 치마이자 설빔이었다.

나는 눈을 감고 엄마가 하라는 대로 만세를 불렀다.

벗기고 입히기 편하도록이었다. 그리고 눈을 떴다.

치마는 검은 빛깔이었다. 무릎과 발목의 중간쯤에 닿는

통치마였다. 희끄무레한 얼룩 자국이 선명한 검정 치마.

검정 통치마는 치마끈을 가슴 앞으로 돌려 매게 되어 있지도

않았다. 뒤로 갈라져 있지도 않았고 흰 치마허리만 덜렁 달려

있었다. 앞으로 돌려 매는 끈 같은 건 더구나 없었다.

나는 가만히 실망의 한숨을 내쉬었다.

－품이 잘 맞을지 모르겠다.

엄마는 저고리의 오른쪽 팔부터 꿰게 했다. 노랑 저고리는
내게 품이 너무 컸다. 옷고름은 빨강이 아닌 노랑이었다.
소매 끝동을 달지 않은 내 노랑 저고리, 옷고름을 할 빨강과
끝동의 남연두 헝겊이 자투리로 조금 남아 있어서라고
했지만, 내 노랑 저고리는 멍텅구리 같았다. 눈, 코, 입을
만들어 넣지 않은 눈사람 얼굴 같았다.

엄마는 물론 내게 버선도 꽃신도 내어주지 않았다.
버선과 꽃신 대신 솜을 얇게 둔, 끝이 뾰족하고 턱 아래로
끈을 당겨 매게 만든, 아랫자락은 넓게 퍼져 어깨까지
덮도록 한 검정 모자를 씌워주었다.

요즘도 음력설 때가 되면 두 딸아이의 설빔을 손질하면서
곧잘 검정 통치마와 노랑 저고리를 떠올리곤 한다.
동시에 언니의 빨강 자락치마와 연두 끝동의 초록 저고리,
흰 버선, 꽃신을 떠올린다.
그렇지만 늘 언니 것보다 더 선명하게 떠오르는

검정 통치마에 대한 그리움, 첫 설빔,

조금 저리기도 했던 가슴 아픔, 그리고 숨긴 눈물.

그 검정 통치마는 아련하게도 내 기억의 한 곁에 언제나

스러지지 않고 남아 있다.

오랜 세월이 흘렀음에도 바래지 않은 빛깔 그대로.

무심코 이리 평안한

날도 있는 법이다

내가 별일 아닌 것으로

뒤척이는 동안

아파트 뒷길에 피어난 꽃들을 보았다.

목련, 벚꽃, 산수유꽃….

내가 방 안에 틀어박혀

별일 아닌 것으로 뒤척이고 되새기는 동안

꽃은 피어났다.

기척 없이 피어났다.

늙은 참새

통보리를 삶아 백미와 섞어 밥을 짓는다.

글짓기처럼 짓는다.

쌀알 한 알마다는 글자다.

새로 지은 밥에 풋고추를 고추장 찍어

오이피클, 낙지젓갈, 김장김치 그렇게 간결히 먹을 것이다.

밖엔 바람소리 치거웁고,

나는 늙은 참새이로되 둥지에 깊숙이 들앉아

푸근하고 노곤하다.

졸아도 모이는 주워 먹고 졸 것.

줄무늬 양말

내가 뻥이 좀 세다는 걸 아는 사람은 다 안다.
어제는 양말 여섯 켤레를 모임자리의 후배들에게
고루 나눠주었다.
시가 써지지 않을 때 꺼내 고요히 신고 있자면
이내 시가 써지며, 신고 나서면 소재가 꽉꽉 건져지는
줄줄이 줄무늬 양말.
양말 트럭에서 열심으로 고른 얼룩말 양말.
시가 한 말이 넘게 쏟아져 나올 양말.
내 말이 죄다 뻥 같지만 기실은 뻥 아닌 걸
아는 사람은 또 안다.

달려라, 양말!

평안

지난밤 무심코 애들 둘이 들이닥쳤다.

약속한 일 없이.

방 셋에 하나씩 콕 박혀 잤다.

허룩한 콩깍지에 콩알이 들어찬 듯

어미는 잠이 잘 왔다.

작은 건 안방, 큰 건 잠잘 자리를 긴급 마련해

옷방에 재웠다.

어미는 어미 방에서 잠으로 천천히 빠져들면서

기쁜 데다가 마음이 놓인다.

무심코 이리 평안한 날도 있는 법이다.

잠잠

베란다 밖 햇살이 번지고 있다. 입을 꽁 봉한 채.
해님은 돋아오를 적에도, 갈앉을 적에도
아무런 소리 내지 않으신다.
물론 내다놓으려 현관 앞 가져다놓은 종이박스도
한말씀 없으시다.
이 조용한 가운데 허튼소리를 만들어낼지도 모르는 건
나 하나뿐이다.
대체로 대단한 님들은 잠잠하시다.
해님께서는 잠자코
오늘 하루 지구, 큰 덩이를 굴릴 셈이시다.

아름다운 국수

우체국 다녀오는 길에 살 물건을 적은 메모지를 놓고 갔다.

하는 수 없이 사야 할 물건을 속으로 열심히 궁리했다.

그리하여 머릿속에 다시 기억해 넣은 물건들 이름의

첫 글자가 '국, 바, 안, 봉'.

우체국 일을 보고 돌아오는 길,

국, 바, 안, 봉.

첫 글자인 '국'자부터 꽉 막혔다.

국, 뭐였더라? 국어책도 아니고 국거리도 아니고 국, 국, 국….

그럼 그다음 바, 뭐였더라? 바둑이도 아니고,

바보도 아니고, 바지락조개도 아니고, 바지도 아니고….

한참이나 머리를 앓다 포기.

그럼 안은? '안'은 바로 나왔다. 일전에 집 근처 안경점에

맞춰둔 안경 찾기. '봉'도 바로 나왔다. 문구점에 들러

에이포 크기 서류봉투 살 일.

이제 치매 3기로구나, 심란 떨며 걸어오는데

눈에 띈 바나나 트럭! 그래, 바나나였지!

우유 한 잔 넣어 갈아 마시면

간단한 아침 요기로 그만이란다.

이제 '국'만 생각해내면 된다.

국, 국, 며칠 전부터 국거리 사골이 사고 싶긴 했지만

오늘의 '국'은 절대로 결단코 국거리는 아니다.

아님에도 속 편하려고 국거리로 결정지을 수는 없다.

국, 국, 국…에서 벗어나지 못하면서

아파트 현관 번호를 누르고 집 안에 들어서자마자,

아아, 국수!

국숫발이 가느다란, 일 인분씩 따닥 나눠놓은 포장 소면!

아침 이르게 달여놓은 멸치육수 냄새가 집 안에

남아 있어서였다.

어쨌든지 마침내는 모두 다 알아내어 기쁘기 한량없었다.

까칠

가까운 근린공원을 걸었다.

봄볕이 따뜻, 밝았다.

허리 돌리기 몇 번 하고 좀 걷다 돌아 나오려는데

한 남자 넌네가 초콜릿 한 개를 건네준다.

이게 뭣이여, 하며 받아 주머니에 넣었다.

나중에 알았다. 오늘이 뭔 데이라는 걸.

노상에서 초콜릿 같은 건 처음 받긴 했지만

빨간 웃옷 그 넌네, 사람 잘못 봤다.

내 이래 머리칼 허옇고 덜 생겼어도

남자 보는 눈 하나는 높다는 걸,

까칠이 하늘을 찌르는,

무던만빵 노친네가 아니라는 걸 모르는

무지의 소치인 것이다.

목소리

샤워 마치고 물기를 씻어낸 뒤다.

수건은 젖었고 머리카락에는 물기가 조금 남아 있다.

–바를 게 뭐 있지?

혼잣말하다 알아차렸다.

샤워하는 동안 목소리는 깊이 숨어 있어 젖지 않은,

마른 그대로다.

물에 퉁퉁 붇지 않아 다행이다.

멸치 똥

멸치 육수를 낼 생각에 이른 새벽 멸치를 방으로 데려왔다.
신문지를 펼쳐 대가리를 떼어내고 똥을 빼내기 위해서다.
죽어 미라가 된 멸치가 좀 안됐다.
아아, 대가리는 떼지 말기로 한다.
어두육미라는 말이 있으니.
게다가 잘하면 아이큐가 좀 좋아질지 모르니.
똥은? 멸치 똥이 크면 얼마나 크다고 그걸 일일이 빼내나.
비명에 죽고 만 멸치가 더 슬플지 모른다.
그러다 멸치 똥 안 빼면 국물이 쓰다고 했던 엄마 말이
생각난다. 짠맛이라면 소금도 아끼고 좋을 터이지만,
쓰디쓴 똥맛은 안 되겠다.
멸치 또한 그 짧은 생애 동안 온갖 스트레스와
양다리 걸치기, 염문설 등에 시달려
똥맛이 그리되었을 것이다.

애고고, 메루치 같으니!

위층 쥐

토, 일요일이면 간헐적으로 쿵쿵 또는 연달아 쿠당쿵.
떼다 밀치는 소리 끝에 한번은 아낙 울음소리까지.
또 이따금 센 발꿈치 소리마저도.
저리 지내는 것도 당사자 고유의 생활방식일지 모르는데
마침내 신경쇠약 증세, 온밤 내내 귀가 깨 있는 바람에
잠이 더 멀어지고 말았다.
어제, 569번 생각 끝에 에이포 용지 반 장에 굵은
네임펜으로 앞뒤에 '죄송'을 넣어 조금만 조심해주신다면
감사드리겠노라, 편지를 써 우편함에 넣었다.
획획 큰 글씨로 날려쓴 편지. 그날 종일, 위층 사람이
벨이라도 누르면 죽은 체할 것이라고 맘먹었다.
생각만 해도 후둘후둘 떨리며 후회막급.
내 심했나? 그 정도 소요에.
나는 나쁜 년네라니께. 그 정도 퉁탕거려도 되는 건데.
아모래도 기 세게 흘겨 쓴 글씨체 때문 아닌지.
여튼 그 뒤 내내 쥐죽은 듯.

무렵

흐린 날이 그런대로 마음에 드는 까닭은
마음을 차분하게 갈앉힐 수 있어서다.
밀린 일 한 가지씩 마무려야 할 무렵이다.
'무렵'처럼 설레게 하는 말도 흔치는 않을 것이다.
바야흐로 봄꽃들이 흐드러지게 피어날 '무렵'이다.
샛눈을 떠 몰래 바라보고 싶은 '무렵'인 것이다.

몫

벗나무 둥치 아래 피어난 조그만 제비꽃을 보았다.

벗꽃덩이만 올려다보느라

발밑 제비꽃은 눈여기지 않았었다.

짙은 보랏빛 제비꽃이 앉은뱅이 제비 같다.

돌나물도 노란 꽃을 피웠다.

벗꽃이 팝콘 튀듯 피는 사이

키 작은 풀들도 서둘러 꽃들을 피워냈다.

제 몫을 다한다.

마늘

어제 아침 물에 불리려 담가놓았던 열댓 통 마늘 그릇을
식탁 위로 옮겨 앉힌다. 그사이 물이 상해 미끈거린다.
새 물로 갈고 마늘 껍질을 벗긴다.
마늘도 옥수수보다야 덜하지만 몇 겹 옷을 껴입었다.
겉에 두루마기, 그다음에 바깥 저고리, 다음으로
얇은 속저고리. 맨 속껍질은 얇디얇다.
찰싹 달라붙은 얇은 속껍질은 잘 떨어지질 않는다.
물에 넣고 마늘끼리 부벼 알뜰히 벗긴다.
껍질을 벗겨낸 마늘알들은 하얗고 매끄럽고 오똑하다.
마늘 한 개마다 어여쁜 마늘코를 닮았다.
가려낸 마늘알들은 있지도 않은 손주의 오똑한 코를 닮았다.
오오, 하얀 마늘코.

메밀베개

큰길가 수레에서 메밀베개를 샀다.
나는 이제 새 메밀베개 덕에 좋은 꿈 꾸며
평안하게 잠을 잘 것이다.
메밀꽃 위에 불던 푸른 들판 바람,
따갑고도 환한 햇살,
그리고 희디흰 달빛, 풀무치 울음 등을 베고
아주 달게 자게 될 터이다.

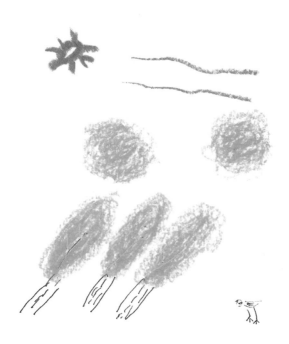

넋두리

찻장 위칸에서 찻잔 한 개를 찾아냈다.
방뎅이가 펑퍼짐, 중년의 수더분이 여실한.
큰 귀는 한쪽만 달려 있다.
내 수심 깃든 넋두리를 다 주워듣고도
소문 펑펑 내며 돌아다니진 않겠고나.
수더분 찻잔이 엷은 개쑥떡 빛깔에 겨자 빛깔이
어우러진 것도 마음에 탁 든다.
그 잔이 짝 없이 혼자면서도 외롬 타지 않는 것도.

게으름

생전에 친정어머니는
'두었다 해도 소진원이 할 일'이라며
귀찮은 일들을 뒤로 미루지 않으셨다.
설거지나 세탁 등 미루고 싶은 일이 생길 때면 나 또한
'두었다 해도 이상교가 할 일' 구시렁대면서
해야 할 일에 손을 댄다.
가장 게으른 자가 가장 부지런한 것처럼 보이는 이유는
그래서가 아닌지.
재빨리 할일들을 해치우고
마음 편하고도 느긋하게 게을게을 게을코저.

주제 파악

어머니는 내게 희떠운 년이라 이르셨다.

제 주제 파악을 못 하고 나댄다는 뜻이다.

초등 일학년 때 친구인 남숙이 가방과 내 가방을

들고 오다가 엄마와 마주쳤다.

엄마는 이유를 물었고, 나는 기다린 듯 대답했다.

─나는 키가 크고 남숙인 작잖아.

　그러니까 큰 내가 들어주어야 해.

남숙이는 키는 작아도 다부지고 돌돌한 아이였으므로

엄마 눈에는 어이없이 비쳤을 터다.

하루는 부부가 하는 호떡집에 들러 호떡 두 개를 샀다.

아내 되는 이가 남편에게 핀잔을 주었다.

─사거리 지나, 큰길 오른쪽 끝에 있는 로또가게를

　못 찾았단 말예요?

아내 되는 이가 산 로또가 오천 원권에 당첨되어

다섯 장을 바꿔 오라고 했는데 못 찾고 되돌아왔단다.

뜻밖의 당첨으로 더없이 기대가 컸을 터.

부부의 정겨운 토닥임과

손님이라곤 나 하나뿐인 차가운 꽃샘바람의 거리.

이제는 근거도 없이 늙고 만 희떠운 노친네는,

집으로 돌아오는 길 궁리가 오래 빈번했다.

그들이 더 달콤한 꿀호떡을 만들게, 돈을 많이 벌게

아까시꿀 한 병을 가져다줄 것인지,

아니면 다음번에 로또 열 장을 사다가 건네줄 것인지.

주제 파악도 못 하는 희떠운 나.

바닥을 기다

사는 동안 별로 공력을 들이지 못한 나.

그리해도 노년까지 그런대로 잘나가는 데는 까닭이 있다.

큰 키 덕도 아니요, 빼어난 미모나 수려한 말솜씨 덕도

아니다. 학맥은 더구나 없다.

아침 먹으면서 골똘골똘 생각했는데,

그럼에도 잘나가는 까닭은

이내 몸에 걸쳐지는 옷가지들이 5분 이상 방바닥,

거실 바닥을 기어다니게 하지 않음에서 비롯된다.

빨아 말린 옷은 곱게 접어 있을 자리에 넣어둔다.

양말은 양말끼리, 또 속옷은 속옷끼리.

빨랫감조차 바닥에 떨궈놓아선 안 된다.

서둘러 세탁조 안으로.

옷가지는 나의 몸과 다름없으니 그에 맞는 대접을 해야 옳다.

나는 오늘도 잘나갈 터이다.

시든 볕발에라도

베갯잇을 빨아 말린 것으로 갈아 끼웠다.
혹간의 악몽과 불면,
그로 인한 진땀과 눈물기를 받아낸 두 개를.
한날은 베개 속에 든 메밀 껍질을
시든 볕발에라도 내놓아 말릴 참.
내 잠 또한 보송보송 정다워질 것이다.

푸른 멍

전에 사두었던 크레파스를 찾았다.

엉덩이에 푸른 멍이 든, 못생긴 말 그림을 그렸다.

자야 할 시간임에도 잠은 멀다.

이따금 집은 기지개 켜는 소리를 내는데

듣기에 나쁘지 않다.

발목이 긴 양말이 생겨 신어보는데

오른쪽 발등이 부어 있다.

사흘 전쯤 보온병을 발등에 떨어뜨렸는데 그 탓인 듯.

발등에 푸른 멍이 든 나이든 암말은

발등 아픈 줄도 모르고 가로세로 잘도 돌아다녔다.

후듯하다

삼박사일간 겨울 이불을 욕조 물에 밟아 빨았다.

욕조 턱에 걸쳐 물 빼고 또 밟아 헹구길 몇 차례나

거듭했다. 그리고 누군가 널어주어 잘 말랐다.

세탁소 냄새가 안 나서 좋다.

뜨건 물에 네댓 번 헹궈냈으니 소독도 다 잘 됐을 터다.

발로 꽉꽉 밟아 빨다가 과로사, 실족사하는 것 아닌가

했는데 거뜬히 해냈다.

가을 들면 나는 저 이불을 내어다 덮을 것이다.

오월 환한 볕을 닷새간이나 품은 이불을 풀어놓을 것이다.

그리되면 그사이 좀더 늙었을 육신에

후듯한 볕살 들 것이다.

다홍빛 봉숭아 꽃잎 같아질 것이다.

요염

우체국 가는 길에

요염의 극치, 블랙 화이트 알록 길고양이와 마주치다.

녹두색 눈빛에 꼬리만은 온통 새까만 고양이,

그 미의 요염과 이내의 요염이 세기의 만남을 이루다.

내일 우체국 가는 길에

그 길 또 지날 적 그 미를 또 만나리.

여튼 다시 한 가지 심심치 않을 일을 벌다.

心들다

벌레 난 쌀을 물에 헹궈 잘 두었다가
어제 근린공원 참새들에게 가져다주었다.
이럴 줄 알았으면 벌레 난 쌀 그대로 흩뿌려줄 것을.
단백질꺼정.
그러다 요즘 눈에 잘 안 띄는 길고양이들 생각.
(흠칫!) 혹여 내 생각의 밑바닥에, 길고양이들을 위해
참새들을 통통하게 살찌워놓고자 하는 음모 같은 게
숨어 있는 것 아닌지 싶은.
이런저런 자자분한 돌이킴들이 心들다.

떡, 호랑이

지금 먹고 싶은 것은 포도, 떡, 천도복숭아다.

엊그제 다디단 포도를 한 상자 샀는데

어느 결에 다 먹어치웠다.

한때는 차시루떡이 맛있어 거의 날마다 한 팩씩

사다 먹었다. 떡 사러 왔다갔다하면서

'번 돈 다 떡 사먹는 할머니'가 된 것 같았다.

나는 이따가 떡 사먹으러 나갈 것이다.

떡 사들고 오는 길에 외진 나무 그늘 아래 나무의자에 앉아

'떡 하나 주면 안 잡아먹지!'의,

이빨이 빠져 떡말고는 아무것도 먹을 수 없는

늙고 외로운 암호랑이처럼 남이 모르게 혼자 먹곤 한다.

늙고 외로운 암호랑이는 가을이 깊으면

'저 깊은 산속 다래가 참 달게 익어갈 텐데.'

생각할 것이다.

양말

새파란 달개비꽃 빛깔 양말 뒤꿈치가 날근날근하더니
구멍이 났다. 껌정 실이 없어 흰 무명실로 중중 꿰맸다.
누군가 보면 웬 청승인가 하겠지만,
딛고 다니면 도타운 느낌이 싫지 않다.
무명실은 본디 따숩고 정답고 인정스럽다.
그처럼 정다운 어떤 이가 곁에 있는 듯싶다.
양말은 첨부터도 오른쪽 왼쪽이 없어
가릴 것 없이 속도 편타.

노인에 대한 논리

딸은 빙수를 먹고 나는 녹차를 마시다가
노인의 특징에 대해 논하다.

노인은 느리다.
노인은 인색하다.
노인은 제 말만 한다.
노인은 걱정을 사서 한다.
노인은 두리번두리번댄다.
노인은 입이 짧다.
노인은 거짓말을 참말처럼 한다.
노인은 전혀 섹시하지 않다.

그래서 모, 어떻다고?
네가 돈 내.

좋은 날

잘난 척, 무더위에 중랑천 둑길에 다녀왔다.

내게 있어선 극기훈련에 속한다.

그런데 중랑천 기슭에서 정다운 망초 아가씨와

주황 나리꽃 아가씨를 마주쳤다.

예기치 않은 만남이 반가워 곁을 떠나고 싶지 않았다.

내 눈에 들어와준 고마움 또한.

찌륵찌륵찌찌륵.

벌레 소리가 곁들여 반가움을 거든다.

좋은 날이다.

귤 상자

추석이라는데 나는 좀 귀치아니하다.

평온한 일상이 다 깨지고 만다.

우체국도 한의원도 다 쉰다.

볼일 없이도 하루하루가 그냥저냥 돌아가는 게 좋은데….

이번 차례에는 담배 놓는 걸 잊지 않을 참이다.

동네 마트는 시끄럽고 북적였다.

한 등 굽은 남자 노인네가 귤 한 상자 사는 걸 보았다.

넉넉잖은 형편에 또한 어려운 살림의 딸네에게

보내려는 것일는지도….

별것이 다 궁금하고 덩달아 마음이 짠하다.

냄비

아모래도 머릿속에 든 게 많다 보니 머리통이 조금 커서

모자가 머리에 끼인다. 특히 새 모자는.

마침 알맞은 냄비 뚜껑이 있어

그 뚜껑에 모자를 씌워 늘리는 중이다.

잘 늘어나는 중인지 가끔 뚜껑에 씌운 모자를 벗겨

머리에 써본다.

그러다 보니 냄비와 내 머리통이 헷갈린다.

―좌우로 조금 더 늘리면 되겠구나.

냄비는 혼잣말을 하며 뚜껑에 모자를 되씌운다.

그래저래 냄비는 빌 날이 없다.

온통

붓펜을 겨우 찾아냈다.
노후한 붓펜이다.

외딴 들길에,
들판이 온통 제 집인 양 끼끗하고 맑게 피어난
해바라기를 보았다.
온통 제 집, 맞다.

붓펜도 해바라기도 기쁘다.

가을 아침

샛노란 소국 한 묶음을 선사받았다.

두터운 누런 갱지를 둘둘 두른.

이 빛나는 가을을

혼자 통째로 독차지한 듯싶어 미안하다.

맑은 물 담긴 유리병 속 소국 발이 아조 깨끗하다.

그리하여 꽃빛깔도 새뜻하다.

소슬한 가을 아침이다.

헤매다

나이드니 길도 못 찾고 헤매는 것은 물론,

겁은 많아서 마츰내는 울 뻔 보았다.

집에 무사히 돌아와 마음이 푹 놓여

밥 한술 뜨자 곧 곯아떨어졌다.

약 네 시간가량을 헤맸다.

헤매 봤자 인생 칠십 년의 헤맴만큼이랴.

앞으로도 헤맬 일은 얼마나 더 생길지.

진작 각오한 헤맴은 그다지 무겁지도 않을 것이다.

밖은 또 흐리다.

두부

엊저녁 장봐 온 부침두부 두 모를 부친다.

노릿노릿 부친다.

좀 세게 부쳐야 조림을 해도 부서지지 않는다.

간장, 갖은양념, 양파를 넣고 조린다.

청양고추 한두 개를 넣으면 맛이 좀더 나을 것인데

사온다는 걸 잊었다.

프라이팬의 기름 끓는 소리, 티적트적 소리가

마치 빗소리 같다.

빗소리 하니까 커피 생각난다.

승질 드러운 나는, 어제 별일 아닌 일로 마음 끓이다

올 판이었는데 좀 보류해놓기로 했다. 모아놓았다가

무채 썰어 쌓아놓은 것처럼 한꺼번에 올 셈이다.

예전에 집에 빨리 가서 울어야지, 마음먹어 놓고

울지 않은 적도 꽤 된다.

두부는 두순두순, 승질이 조금도 안 드럽다.

그래서 좋아한다.

이른 아침

새벽 여섯 시 전후면 눈을 뜬다.

세상은 아조 조용하다.

조용을 깨뜨릴 수 없어 조용조용 움직여야 한다.

모를 누군가의 고단한 새벽잠을 깨뜨릴 순 없다.

내가 사는 아파트는 실상 종일 절간 같다.

지금은 가스불 위에 얹어놓은 시래기된장국 냄새가

소리를 죽여 돌아다니는 중이다.

겨울 하늘은 파랄 때는 더욱 새파랗다.

참새 소리는 추위에 더 짜랑짜랑하다.

주방 유리창문에 비추이는 백발을 흘끔거리며

이른 아침밥 한술을 뜰 것이다.

을씨년

춥고 흐릿하며 음산, 을씨년스럽다.

어째서 을씨놈스럽다고 않고 '년'을 잡아넣은 것인지,

눈이라도 내릴 것 같은 날씨에 '년'은 궁금해 마지않는다.

어머니는 예전에 이런 날씨를 '사흘 굶은 시어미상'이라

일렀다. 어째서 '사흘 굶은 시아비상'이라

이르지 않으신 건지.

대구리

벼르던 끝에 파마를 했다. 뽀글빠글이다.
좀 풀리면 인물이 낫게 보일 것이다.
머리카락이 다 말랐는데도
베개에 눌려 파마가 풀릴까 잠이 안 왔다.
풀려도 고루 풀려야 할 것 같아
대구리를 이쪽저쪽으로 굴리느라
새벽까지도 고생했다.
오만 원 주고 사서 하는 고생.
벚꽃이 필 때쯤이면 내 백발도 몽글몽글
이쁜 물을 머금은 흰 꽃으로 피어날 것이다.
파마는 다행히 안 풀렸다.
짠 무를 썰어 동치미를 해 먹는 아침인 것이다.

낳는 설움

내일 결혼이다.

나 말고 딸.

딸 방을 정리한다.

베갯잇도 갈아 끼워놓고

작은 전기장판도 침대 커버 밑에 놓아주었다.

하루저녁 따듯하게 재우고 싶다.

딸 혼례식 때 대부분의 엄마들은 눈물을 보인다던데

나는 그럴 것 같지 않다.

눈물의 기미를 보여선 안 될 것이다.

설움은 설움을 낳고 말지 모르기 때문.

아껴온 눈물이 바닥날지 모르기 때문.

최선

올 마지막날인데 나는 통닭이 먹고 싶다.

청량리 장수원에서 국순당 막걸리를 곁들여 먹고 싶다.

마음에 탁 드는 상대가 아니라면 혼자서 먹고 싶다.

– 맛있다, 그치? 달달 볶은 메뚜기 맛이다… 어짜고….

포크말고 손에 들고 적나라하게 뜯어 먹을 것이다.

돌아와서는 건성건성 한 해를 돌아볼 것이다.

기억하고 싶지 않은 줄거리는 경중 건너뛰기.

새해라고 해서 그닥 달라질 것은 없다.

하로하로 되는대로 살아가되 최선을 다할 것.

최선을 다해 설거지를 마치고

최선을 다해 몇 장 프린트를 뽑고

최선을 다해 휴식.

선자

1954년 무렵 서울 동대문 밖 주택가. 골목을 조금만
벗어나면 명아주 따위의 풀이 그득 나 있는 빈터였다.
그렇다고 단순한 빈터는 아니었다. 6·25 전란이 끝난 지
얼마 되지 않은 때였으므로 포탄 떨어진 자리가
한 길이 넘게 패어 있었으며, 장마 때면 팬 구덩이에
빗물이 반 넘게 들어차곤 했다.
그 무렵, 놀 곳이 마땅치 않았던 대여섯 살 또래의 우리는
명아주풀이 그득 나 있는 포탄 떨어진 근처 아니면 조금 더
나아가 방공호에 놀러가곤 했다.
식량이 모자랐던 때여서 엄마는 명아주를 뜯어
쌀 한 움큼을 넣어 명아주죽을 쑤어주곤 했으므로,
나는 이따금 엄마가 시키지 않아도 명아주를 한 줌 뜯어
집으로 들고 가곤 했다. 또래의 몇이 그랬는데
선자는 그런 아이들 가운데 한 아이였다.
선자.
성이 뭐였는지 기억에도 없는 선자는 같은 골목 대각선

방향의 집에 살았을 듯싶다. 선자는 큰 키의 나에 비해
키가 많이 작고 얼굴이 동그랗고 터질 듯 빵빵했다.
나는 눈을 뜨기 바쁘게 여섯 살 동갑인 선자를 부르기
위해 밖으로 달려나갔다. 선자의 유난히 작은 눈에 빵빵한
뺨은 언제 보아도 가칠가칠 터져 있었고, 누런 코를 달고
다녀 터질 듯한 두 볼이 콧물로 빤질빤질했다.
나는 선자를 집으로 곧잘 불러들였다.
엄마들끼리도 친했던 것으로 기억되는데
선자는 거의 종일 우리집에서 살다시피 했다.
나는 선자가 놀던 중간에 즈이 집으로 돌아가는 불상사를
없이하기 위해 끊임없이 새로운 놀거리를 개발해야 했으며,
그 애를 기쁘게, 싫증나지 않게 하기 위해 혼신의 힘을
기울여야 했다.
그런데 어느 때부터인가 선자는 노는 일에 쉬이 싫증을
내고 자주 즈이 집으로 돌아가겠노라고 했다. 그때마다
나는 소꿉놀이 아니면 귀신놀이 따위를 제안해서

두어 시간을 더 놀게 붙잡곤 했다.

나는 점차 놀거리를 생각해내는 일에 천재가 되어갔는데,

그런데도 선자는 전과 달리 걸핏하면 돌아가겠노라고 했다.

―벌써 가려고?

―많이 놀았잖아.

―조금만 더 놀다 가.

―아니, 집에 갈 거야.

선자는 마침내 터질 듯 빵빵한 얼굴에 울상을 지었다.

―내가 노래 부를게, 가지 마.

나는 방 윗목에 차렷 자세를 하고 노래를 불렀다. 그처럼

노래를 불러 가는 걸 말린 것이 서너 차례는 되었을 거였다.

―이제 집에 갈 거야.

그날따라 선자는 돌아갈 것을 고집했다.

―노래 부를게, 가지 마.

―아니, 집에 갈 거야.

―춤출게, 가지 마.

선자가 고개를 끄덕였다. 나는 곧 춤출 준비를 서둘렀다.

전부터도 이따금 식구들이 보는 앞에서 춤을 추었는데,

그때면 머리에 검정 고깔 모양의 벙거지를 써야 했다.

고깔 벙거지는 엄마가 검정 무명 헝겊을 떠다 마름질을 해

재봉질로 만들어준 것인데, 내 눈에 퍽 예쁘게 보였다.

벙거지 끝이 봉곳하고 끈이 달려 있어 턱 밑에 매게 되어

있었다. 주름이 접혀 있지는 않았지만 둥그렇게 펼쳐져

어깨를 감싸는 짧은 망토 모양이 퍽 멋지게 보였다.

나는 이내 엄마가 찾아다준 고깔 벙거지를 쓰고 춤을 추기

시작했다. 두 팔을 같은 모양으로 흔들어대면 선자가

지루해할지 모르므로 가끔 어깨를 들썩이고

턱도 까불어야 했다. 깡충깡충 들뛰기도 하고, 빙글빙글 돌며

손가락 끝을 까닥였다. 눈을 스르르 감았다 뜨고,

빙긋빙긋 웃어 보였다가 슬픈 표정을 지어 보이기도 했다.

선자를 기다리다 못해 데리러 온 선자네 어머니와 선자,

그리고 내 어머니, 그 셋이 지켜보는 가운데 나는 온 마음을

다 기울여 춤을 추었다.

그런 선자가 어느 때부터인가 우리집에 놀러오지 않았다.

나는 또 선자를 부르러 가지 않았다.

선자. 얼마 지나지 않아 선자는 죽고 만 것이었다.

노는 일에 빠진 나는 선자가 앓는 동안, 명아주잎에

반짝이며 내리는 햇빛이 찐 감자 껍질을 벗겼을 때

보얗게 뿜어져 나오던 하얀 분 같아 혼자 뇌었다.

—노래 부를게, 가지 마. 춤출게, 가지 마.

그처럼 가지 못하도록 말렸건만 선자는 뿌리치고는

끝내 가고야 말았다.

뒤에 엄마는 선자가 요즘으로 말하면 백혈병으로 숨진 것

아니었는지, 하셨다.

선자.

눈을 감고 오래 기다리노라면 떠오를 듯도 싶은

동그란 얼굴이다.

사랑하여

마지않는 일

빗소리에
마음을 쓰다

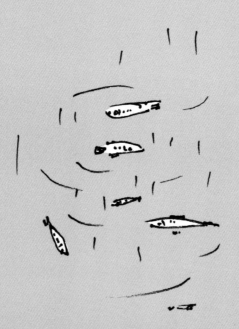

비가 온다.

빗소리가 내 귀를 두들긴다.

듣지 않는 척하면서 실은 낱낱의 빗소리를

모두 다 귀에 담으려 애쓴다.

코를 훌쩍이며 뒤따라오는 애처럼

마음 쓰이게 하는 빗소리.

빗소리로 해서 오늘밤 잠이 오지 않는다면

행복한 일이다.

내 귀는 여전히 여리고,

가슴 또한 폴싹폴싹 흙먼지가 일게

메마르지 않은 증거이므로.

축제

봄빰이다.

전에 멀쩡할 적 봄빰에는 새닢들 설렘을 함께하느라
늦도록까지 거리를 설렁여야 했다. 별일 없이도.
도로 멀쩡해진 것 아닌데 설레느라 오늘 잠이 멀다.
봄밤은 봄밤 아니라 봄빰이어야 한다.
빰빠라빰빰빰―
모든 태어나는 것들의 축제여야 한다.

철들 날

기쁠 일도 특별히 설렐 일도 없건만
공연히 잠을 설치다.
청춘도 아니면서 앞날을 설계하다.
철들 날 멀다.

참새 여러분

일 잘하는 척, 가만히 있는 깨봉지를 들척이다가

머그잔 조금 넘을 만큼 쏟고 말았다.

내 이럴 줄 알았지.

참깨인 줄 알았는데 통통한 들깨다.

쓸어 버리려다 기특한 한 가지 생각.

참새 여러분에게 뿌려줄 것이다.

이럴 줄 알았으면 머그잔 석 잔 넘게 쏟을걸.

아침이 츤츤히 밝는 중이다.

기쁨

어머니는 말씀을 안 가리셨다. 나는 그게 좋았다.

노래처럼 들리기까지 했다.

대가리, 코쭝배기, 자박지, 다리몽뎅이….

그리하여 나도 입이 좀 걸다.

눈을 눈탱이 또는 눈알딱지라 이른다면

품위를 왕창 잃는 꼬락서니일 테다.

그럼에도 그런 데서 나오는 운율이랄까, 그게 좀 기쁘다.

기다림

해마다 봄은 나무에 제일 먼저 찾아드는 듯.

이유가 무얼까.

그러잖아도 훨씬 큰 키로 나무는 목을 길게 빼고

이제나저제나 봄을 기다려설 것이다.

무엇이든 기다리는 것에게 가장 먼저 찾아드는 법 아닌지.

머잖아 비어 있는 산수유 가지는

꽃으로 노랗게 물들 것이다.

흔들리는 중

풀은 풀끼리 기쁘다.

강아지풀은 달개비풀과 또 다른 풀들과 어울려 기쁘다.

이름을 알리려 하지 않으며 캐묻지 않으며

바람에 흔들리는 중이다.

아무렇게나 뿌리를 내리고 절로 어울려 빈 데라곤 없다.

풀은 풀이라서 무겁지 않고 더없이 홀가분 가볍다.

배추밭이나 시금치밭 해님보다

풀밭을 지나는 해님 발길은 훨씬 가볍겠다.

멧비둘기

오랜만에 인스턴트 커피를 마셨다.

혼혼하게도 마셨다.

내 방 창턱에 매달아놓은 풍경이 찰랑찰랑 소리를 낸다.

소리가 푸르다.

배봉산 멧비둘기는 오늘 울지 않는다.

아파트 안 연못에서 금붕어 구경을 하던 아이가

멧비둘기 소리에 어리둥절해하는 걸 보았다.

─금붕어는 저런 소리로 우는구나!

아이를 쫓아 나도 그리 생각했다.

이제 금붕어는 멧비둘기 소리로 울기로 한다.

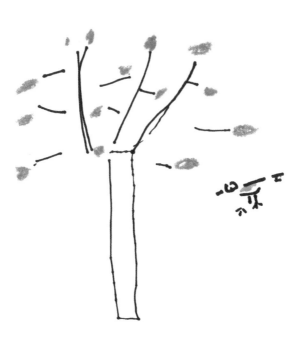

빗발

추슬추슬 비 온다.

비가 차가울지 빗발이 굵을지

베란다에 나가 방범창을 열고 만져보았다.

가늘고 차가운 비다.

빗소리는 제 마음대로다.

길바닥에 떨어지는 빗방울, 흙 위에 떨어지는 빗방울,

풀잎이나 나뭇잎 위에 떨어지는 빗방울 소리가

다 다를 터이다.

비는 어딘가를 향해 나서고 싶은 것일까.

이미 나선 길인 걸 모르고.

나무의 귀

손에 걸리길래 말린 목이버섯 한 팩을 샀다.

물에 불려놓고 보니 부들부들 귓바퀴 같다.

불려놓았을 적 미역귀와도 닮았다.

나무는 소리가 듣고 싶어 귀를 내밀기로 한 걸까.

깜장 꽃 같은 나무의 귀다.

저 귀로 가늘게 이는 밤바람 소리 이윽히 들었을까.

꽃내

흰빛과 분홍빛 도는 보라 국화 다발을
병 두 개에 나눠 담았다.
꽃은, 어떤 꽃이든 다만 한 송이여도 어여쁘다.
꽃은, 말도 없고 단정하고 다정하며 향기 또한 아깝다.
너무 많이, 자주 맡으면 꽃내가 바닥날지 모른다.
아껴 맡는다.

불현듯 이른 가을

남들도 다 할 줄 아는 반찬 한 가지를 했다.
어묵과 양파, 게맛살을 한데 썰어넣고
들기름에 들들 볶았다. 간장도 조금 넣고.
먹어도 됐겠다 싶을 때 엿물을 넣어 마무리고
잣알도 흩어 넣었다.
그때 문득 부엌 바로 앞 베란다 창으로 볕발이 내다보였다.
가을인가.
봄도 아니고 여름도 아니고 파박 건너뛰어 이른 가을.
어떤 이른 가을날 이른 오후
엄마는 등뒤에서 잔잔한 웃음을 웃으시고….
–엄마, 이 반찬 꽤 맛있겠지요?

개복숭아꽃

손가락 끝을 넣어본 개울물은 몹시 차갑겠다.
강화 선두리 어디쯤 깊지 않게 흐르는 농수로 물 말이다.
초지리 논둑 갸웃이 자란 진분홍 개복숭아꽃 피면
그 꽃나무 밑에 서고 싶다.
발갛게 피어난 개복숭아꽃 그늘에
송사리 한 마리 들어설지 보고 싶다.
손가락을 넣어 놀래키고 싶다.

아픈 뒤

중랑천 둑에 가고 싶다.

거기 천막 친 가게에 파는 맛없는 김치전이 먹고 싶다.

혼자 막걸리 마시고 있는 상노인의

막걸리 반 사발 얻어 마시고 싶다.

둑길 위 헐벗고 선 벚나무들 정강이쯤이 보고 싶다.

찬 개울물에 발 담근 물오리들이 보고 싶다.

너무 오랜만이어서 눈물날지 모른다.

그리워하기

오랜만에 인사동엘 갔지만 금세 돌아올 수밖에 없었다.

이제 인사동은 예전의 그 인사동이 아니다.

아아, 내게 있어선 오히려 잘된 일일는지 모른다.

이제 더이상 인사동을 그리워하지 않아도 되겠다.

그리워할 한 가지가 줄어 다행이다.

나이들면서 그리워하는 일은 좀 버겁다.

지금 곁에 있는 것들 그리워하기에도 시간은 많지 않다.

인사동 덜덜이

작정

어두울 무렵, 도서관 2층 발코니에 앉아
귀뚜리 소리를 하염없이 들었다.
귀뚜리도 누군가 제 소리를 귀여겨 듣는 걸 아는지
작정하고 울었다.
하나는 나무의자에 앉아 듣고,
하나는 꽃 피운 개미취 밑동에서 울었다.

바람쟁이

거리가 먼 데다가 시간에 쫓겨 처방전을 떼지 못했던

약 두 달 치를 약국에서 받아왔다.

처방전을 받는 병원까지는 택시로 20분 거리다.

가는 길 오는 길 차가운 바람이 쌩쌩 불었다.

원래 한 달 치씩 처방하는 약인데,

편의를 봐주어 두 달 치를 처방해주는 의사 선생님.

—저어기, 집이 좀 멀어서요.

석 달 치씩 처방해주시면 안 될까요? 네?

묻자 의사 선생님은 대답한다.

—그래도 두 달에 한 번은 얼굴 봐야 하지 않아요?

뜻은 못 이루었어도 가슴이 두근두근, 기쁘고 설렌다.

나, 바람쟁이인가.

어머니

어머니는 밥을 먹을 때면 여덟 자녀를 둥그렇게 둘러앉혀

놓고 당신의 어린 시절 이야기를 들려주곤 하셨다.

다른 형제들은 어떻게 들었는지 모를 일이나

나는 어머니 이야기들이 그림으로 그려졌다.

그렇듯 말씀을 잘하셨다. 게다가 우스갯소리를 잘해서

내가 다리를 뻗고 앉아 책이라도 읽을라치면 이렇게 말했다.

－이 긴 다리 좀 불러들이지!

땡볕이 내리쬐는 한여름, 담장 안쪽 그늘에 놓인 의자에

앉아 있던 어머니는 말했다.

－볕이 울려 그늘인데도 덥구나.

한여름 뜨거운 땡볕이 메아리처럼 콘크리트 담장을

울리게(뜨거운 기운을 적잖이 통과하게) 하여

그늘임에도 결코 시원하지 않다는 뜻이었다.

어머니를 이따금 꿈에서 뵙곤 하는데,

내 꿈에서 어머니는 번번이 돌아가신 것이 아니다.

꿈에서 나는

어머니는 집을 두고 도대체 어디로 가시는 걸까,

이내 모습을 감추고 만 어머니를 근심하다 깨곤 한다.

무

무 한 단을 샀다.

짠 무김치를 담글 생각이다.

아버지 생각이 나서 사기도 했다.

이맘때면 아버지는 가을무는 인삼보다 낫다며,

푸르스름 무대가리 쪽을 가려

우리에게 한 쪽씩을 나눠주셨다.

오늘 무는 그때 무만큼 시원하진 않아도 비슷은 하다.

김장무, 큰 무는 그때의 그 맛이려나.

소리 내 우는 아이를 보면

—그놈 참 무 속처럼 시원하게 잘도 운다.

말씀하시던 어머니가 떠오른다.

나도 울려면 무 속처럼 시원하게 울고 싶다.

가슴속 화기가 숙어 없어지도록 흥건하게도.

땅콩

누군가 땅콩 한 됫박 가웃 보내왔다.

누비이불 같은 껍데기에 잘 싸인 날땅콩.

땅콩 엄마는 제 아기들이 땅속 어둠 중에 무서워하거나

심심해할지 몰라 두 알씩 나란히 자라게 했다.

혼자 있기를 좋아하는 애에게는 독방을 주었다.

벌레에게 먹힐지 몰라 껍데기를 탄탄하게도 누볐다.

환하다

비 내리는 밖, 벚꽃은 여전히 환하다.

연초록 어린잎들도 환하다.

어린 새것들은 어떤 경우에도 모두 환하다.

다행이다.

막냇동생

옛날에 여섯 살 먹은 남자애가 살았대.

하루는 엄마를 따라 기차를 타고 서울엘 가는데

그만 엄마를 잃어버렸대.

－엄마, 엄마….

(중략)

하마터면 잃어버릴 뻔한 엄마를 겨우 만났대.

이미 그 전부터 눈물을 글썽이던 여섯 살 막내 남동생은

으앙 울음을 터뜨린다.

내 그럴 줄 알았지, 나는 비싯 웃음이 나고….

동생은 그 옛날 얘기를 스무 번은 더 듣고서야 시시해했다.

띠동갑 남동생을 보게 되면 나는 또 그 애길 해주고 싶어

입이 절로 오물오물거려진다.

막내는 내년이 환갑이다.

어머니 2

재활용품을 내다놓으려 밖에 나갔는데 나뭇잎이 많이도
떨어졌다. 하룻밤 사이에 나뭇가지가 저처럼 헐거워지다니….
연세 드신 어머니 뒷머리가 생각났다.
어느 날이던가 큰 남동생 집에 가 계신 어머니를 뵈러 갔는데,
그때 어머니는 오마고 하는 나를 마중하려 찻길까지
나와 계셨다. 남동생 아파트 입구로 들어가는 길목,
어머니는 앞서고 나는 뒤쫓아 걸었다.
머리카락이 많이 빠져 뒷머리 속이 휑하게 들여다보였던
어머니.
나는 그때, 오늘 이처럼 어머니를 떠올리며 그리워하게
될 줄은 알지 못했다.

판돈

남편 차례상을 간단히 보다.

이번 추석부터 봉투 하나씩을 올리기로 하다.

고스톱 판돈이 필요할 듯해서다.

많이 못 드리고 흰 봉투에 삼만 원 넣었다.

그가 좋아라 할 것이다.

머리 하나는 잘 돌아가는 여편네라 할 것이다.

그는 살아생전에 화투판 판돈 잃은 적이 없어왔으므로

따들일 것이 분명하다. 그는 쓸 곳이라곤 없는 그곳에서

딴 돈 대부분을 내게 내려보낼 것이다.

우리집은 머잖아 걷잡을 수 없을 만큼 많은 돈으로

가득차게 될 것이다(뭐, 돈이 인생에 있어 다는 아니지만서도).

어찌되었든 그는 세상 등진 지 20년 만에

비싯, 잠깐 웃었을 것이다.

모르는 게 약

청량리역에서 출발하는 부산행 KTX 기차표를
예매할 일이 있었다.
그때 '몇 호 청춘열차가 곧 출발합니다' 방송이
대합실 가득 울려퍼졌다.
'청량리에서 춘천으로 가는 열차'라는 뜻을 알았음에도
청춘열차 단어에 가슴이 뛰었다.
사실 처음에 나는 청춘열차라 해서
데이트족, 청춘들만 타는 기차인 줄 알았었다.
나는 이제 청춘열차는 탈 수 없겠구나, 생각했었다.
그게 아니라는 걸 아니까 맥빠진다.
아무나 다 탈 수 있는 열차라니….
아아, 모르는 게 약일 수 있겠다.

밖

춥다 춥다 해서 밖엘 안 나간다.

추우니 밖에 나가지 마시라는 문자를 받는다.

추울 터이므로 밖에 나가지 말아야겠다고 생각하다

마침내는 밖이 얼마나 추울지 궁금해지기 시작한다.

아조 못 참게 궁금해진다.

견디다못해 모자 쓰고 목도리 하고 장갑에 겉옷 들쓰고

밖으로 나간다.

공기가 날카롭고도 찌르는 듯 맵싸하다.

흐릿하게 지워지던 중의 나를 화들짝 일깨운다.

희고도 헐벗은, 키가 큰 자작나무 둥치에

햇빛이 닿아 반짝인다.

봄이나 여름, 가을에 그랬던 것처럼 나무의자에 걸터앉는다.

하늘이 새파랗게 얼어 있는데 그닥 춥진 않다.

발뿌리들만 조금 시릴 뿐.

눈 쌓인 아침

이처럼 밤사이 눈이 하얗게 쌓인 아침에는
춥지 않아도 난방을 올리고,
작은 찻주전자에 찻물을 반 넘게 따라
가스불 위에 올려놓아야 한다.
단 반 모금을 마시기로 한다고 해도
인스턴트 커피 한 봉을 아낌없이 털어넣어야 한다.
오오, 먼 데 꽃봉오리 터지는 소리 들린다.
물오리 차가운 강 물살 가르는 소리 들린다.

사랑

나는 지나치다 싶을 만큼 쉽사리 사람을 좋아하는 버릇이
있다. 아마도 열 사람 중에서 아홉 사람은 좋아할 것이다.
대체로 사람들을 처음 대하게 될 때면 나쁜 구석보다
좋은 구석을 먼저 찾으려 애쓰기 때문이 아닌가 싶다.
아니다. 애써 찾지는 않는다. 저절로 눈에 띄고
가슴에 와닿는다. 어떤 이는 목소리가 물 흐르듯 해서
마음에 들고, 또 어떤 이는 눈썹이 초승달 같아서
자꾸 보고 싶어진다. 또 어떤 이는 그다지 나누는 말 없이도
그 눈짓이며 입가 웃음 하나만으로도
마음이 통하는 듯싶어 좋다.
그러한 버릇 때문에('버릇'이라고 하는 게 맞는지 어쩐지는 모르겠다)
더러 오해를 사기도 한다. 그러니까 성격이 우유부단하다거니
또는 미지근하다거니, 술에 술 탄 듯 물에 물 탄 듯 하다거니
그런 말을 듣는다.
또는 바람기가 많다는 소리를 듣기도 한다.
그러나 그것은 내게 아무런 상처도 입히지 못한다.

어쩔 수 없지 않은가. 사람이 사람을 좋아하는 일에,

더 나아가서 사랑하여 마지않는 일에,

더 나아가서 좋아하거나 사랑하여 마지않는 이를 위해

애써 기쁨이 되어주고 싶음은.

물론 좋아하는 상대가 남자이기만 한 것은 아니다.

기회 있을 적마다 음담패설을 끄집어내기 일쑤인

이웃집 아주머니의 입담이 나는 좋다. 응당 비어 있어야 옳은

우리집 김치통을 그 아주머니가 몰래 와서 채워주기

때문만은 아니다. 스물다섯 폭의 배추를 절여주고

서슴없이 수고비 만 원에 담배 두 갑 내놓으라는 등의

몰염치가 애교스럽기까지 하다.

그런데 사람을 좋아하는 일에도 문제는 있다.

간혹 겪게 되는 가슴 아픔이다.

한때 역곡의 아파트로 이사를 해서 산 적이 있었다.

그곳은 퍽 낯이 설었다. 해서 날이면 날마다 아파트 빈터의

흙을 깨뜨리고 꽃나무를 심고 가꾸는 일에 골몰했었다.

낮이 선 곳이기도 하거니와 그다지 마음에 들지 않는,

차 소리 시끄러운 큰 찻길 옆이기도 해서였다.

나는 날마다 흙을 파고 고르고 다듬었다. 다른 일에 마음을

주지 않기 위해서였다. 그런 어느 날이었다.

─꽃밭이 이제야 제 임자를 만났군요.

낮은 톤 음성이었다. 썰물 같은 음성이었다.

고개를 들어 소리가 들린 쪽을 올려다보았다.

쉰은 훨씬 넘어선 연세였다(당시 나는 사십대 초반이었다).

짙고 검은 눈썹이 박쥐우산처럼 솟아 있었다. 게다가

잔잔하고도 따뜻해 뵈는 눈빛, 눈부시게 흰 긴팔 남방셔츠.

아파트 앞동 몇 층엔가 사는 이 아닌지 싶었다.

나는 날마다 꽃밭에 엎드려 있어야 했다.

하루에 단 한 번이라도 그의 눈에 띄기 위해서, 행여

그의 귓가에 닿게 될까 하여 날마다 우리 전축에선 가곡이

울려퍼지도록 해야 했다(우리집은 아파트 1층이었다).

끝내는 이 어마어마한 가슴속 들끓는 사건을 누군가와

의논해야 옳지 않을까, 하는 막다른 골목에까지 이르고야
말았다. 누가 좋을까. 누가 알맞은 의논 대상이
되어줄 수 있을까. 다만 꿈결같이 홀로 좋아하는 마음밖에
달리 꾸미는 일이 없는데, 무에 그리 큰 허물이 될 거란
말인가. 그분을 남이 모르게 흠모하는 일에 있어 남편한테
허락을 받아보는 건 어떨까? 누구보다도 나를 가장 잘
이해할 이는 남편일 것이므로 그의 등에 이마를 대고
묻는 건 어떨까. 내 사람 됨됨이를 누구보다도
잘 알고 있으므로. 한참을 생각하다 그도 그만두었다.
게 어디 될 법이나 한 일인가.
그 얼마 뒤 우리는 이사를 했다. 일 년 반을 살고 또다시
이사할 것을 고집한 것은 물론 나였다.

아마 누구든 나는 다시 사랑하게 될 것이다.
사랑하여 마지않음은 크게 허물이 아닐 것이므로.
하물하물, 하물며 짝사랑이라고 해도.

사랑은 개나리 환한

꽃가지 사이로 왔다가

이 겨울

허전한 팔가슴, 빈 가지 사이로

나를 달래는 빛깔인가, 희부옇게

눈이 내리면서,

그 뒷모습만 보이면서,

벌이 날개째로 우는 날은

다시 섭섭해 돌아올 것도 같은

그러한 표정으로

아, 결국은 사라지면서.

박재삼 「사랑은」

농담처럼 또

살아내야 할 하루다

귀여기다

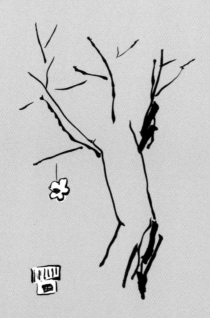

이른 아침,

세수를 말끔히 하고 아파트 뒷길로 나가다.

비로 젖었을 나무의자려니

비닐 한 장을 들다.

생각한 대로 귀뚜라미 울다.

귀뚜라미는 살림이 구차해

식은 보리차 한 잔도 내놓지 못하다.

대신 뒤축이 헌 구두와 쥐색 코트 차림으로

그의 오래된 악기를 집어들다.

풀잎 힘줄로 만든,

초승달빛을 묻힌 소슬소슬한 소리.

한참을 귀여기다 들어오다.

골동품

1949년산이라면 골동품에 속한다.

멸종 위기에 처해 있는.

요즘 꽤 심심하다.

할일도, 속 썩을 일도 그닥 생각 안 난다.

그러고 있자니 화장실이나 들락날락

무서운 귀신 생각이나 일삼는다.

전엔 귀신과 함께 어울려 한판 잘 놀 생각까지도 했는데….

찻물 주전자를 가스불에 올려놓긴 했다.

나는 작은 찻물 주전자의 달가닥거리며 끓는 그 폼이

참 마음에 든다.

뚜껑을 달싹이며 으스대는 꼴이다.

터득

잦은 비로

피어난 꽃잎이 흐물흐물 물러터지고 말겠구나, 생각했는데

우리 동네 꽃나무들은 아직 꽃망울인 채

올망졸망 매달려 있었다.

그런 지혜쯤 이미 터득하고도 남고 있었다.

활짝 피어날 일을 주춤 기다리는 중인 것이다.

동쪽 하늘가가 조금씩 벗겨지고 있다.

반짝 해가 난다면 피어난 벚꽃 얼굴이 한결 빛나겠다.

강

일이 있어 은평구 응암까지 택시로 갔다가

돌아올 때는 전철.

일대 모험이었다.

근 삼 년 만이다. 급격히 나빠진 시력에 보행보조기 끌고.

주둥이는 두었다 무엇에 쓰나,

물어물어 동묘에서 환승 후 회기역에서 내려

저녁 삼은 물냉면 한 그릇 뚝딱, 귀가하였다.

내게서 우아한, 고매한 등등은 강 건너간 얘기다.

안 넘어지고 잘 돌아오면 된다.

글 한 줄 읽기보다 금 하나 주욱 내려긋는 일이

더 귀하게 되었다.

사는 게 걍 그리되었는데 불만은 없다.

최선이므로.

안색

- 엄마, 뭐 해?
- 그냥 앉아 있지 뭐.
통화하면서 딸애 목소리의 안색을 먼저 살핀다.
어미가 모르게 힘들고 있는 건 아닌지….
말하는 음성에서 살풋 웃음기가 엿보인다.
그제야 어미는 마음이 놓인다.

내 어머니는 여덟 남매를 두셨는데,
말년에 전농동 집에 홀로 계시면서
- 낳긴 여덟이나 되는데 다 어디로 간 거지?
하셨단다.
홀로 지내면서도 늘 궁금하고 염려스러웠을 자식들 안위.
이때나 그때나 어미들은 한결같게도 씩씩하게
잘들 지내시는 중이다.

불 켜다

비가 온다.

빗소리 들린다.

아래층에 산다면, 단독주택에 산다면,

오래 전의 반지하방에 살았더라면

빗소리를 좀더 가까이 들었을 터인데….

빗소리를 귀에 가까이 당겨 듣고 싶다.

물들기 시작하는 벚나무 잎사귀도 은행나무 잎도

처절처절 처연히 빗줄기를 맞고 서 있을 터이다.

그러면서 물이 들어갈 것.

철이 들어갈 것.

마침내 철든 표시로 붉거나 노랗거나 갈색이거나

불을 켤 터이다.

바라보는 이에게나 스스로에게 따듯할 불.

사태

내 방 창가 자리에 책상이 놓였는데,

바람이 일자 바람을 머금은 커튼이 어깨를 감싼다.

바람을 머금은 커튼이

내게 기대라, 하는 것 같아 마음이 푸근하다.

며칠 전

약 먹고 좀 나았다 싶었던 오줌소태가 재발했다.

예전에 엄마가 오줌소태 운운하실 때면

오줌이 사태난 것이로구나, 속으로 생각했었다.

소태든 사태든 편치 않으니, 편치는 않다.

병원. 어떻게든 해결할 수도 있는 방도를 찾아 기쁘다.

늙다 보니 별별 것이 다 힘이 되고 마음놓이고 그런다.

실핀

방바닥에서 실핀 한 개를 줍는다.

이마를 가린 백발 머리카락을 당겨 질끈 꽂는다.

좁고 못생긴 이마지만 만천하에 드러난다.

거추장스러울 게 없다.

눈앞이 환하게 밝는다.

검정 실낱 같은 한 개 실핀 덕이다.

머리통에 뼈대 있는 한 놈이 생겨 든든하다.

내일의 내일

자꾸 승질머리 떨어서 머리가 아프다.

디럭디럭 아프다.

싱크대 아래 양식 곳간을 뒤져보다

이거 다 먹을 때까지만 살까, 했다.

사는 게 아조 지루하다.

그림을 못 그려 그렇다.

매사 설렘이 사라져서 그렇다.

내일 되면 달라질 것이다.

내일을 기다린다.

내일의 내일인 모레를 기다린다.

배라머글

남들 칠십은 썩 진중하게 보였는데
나도 절로 그리될 것으로 알았는데
간신히 저녁 먹고 나서 소시지 한 개 튀겨 기쁘디기쁜 후식.
어쩐지 나무젓가락에 찔러 먹는 게 더 맛있을 것 같아
꽂아 아껴 먹음.
아아, 변함없는 배라머글이여!

혼자

혼자 밥 먹고 혼자 중얼대고 혼자 일하고

혼자 미사 갔다가,

오늘 미사는 지하층인데 엘리베이터도 없어 되돌아왔다.

혼자.

혼자는 독립쩍이고, 홀로는 의존쩍이다.

혼자는 그리 나쁘지 않다.

魂이 自由하다.

모기

해 저문 뒤

아파트 뒷길 나무의자에 오오래 앉아 있었다.

아조 커다란 땅거미 한 마리가

스멀스멀 기어 내려오는 걸 보았다.

어둠은 이처럼 천천히 오는 것이로구나, 했다.

강화에서 보던 놀빛은 볼 수가 없다.

삶은 내게 좀 벅차고나.

혼자 멍때리고 앉아 조금 벗어낼 궁리를 하는데

모기란 놈이 가만히 두질 않는다.

ㅡ벅찬 데 맞는 예방주사라오.

몇 방이나 쏘아댔다.

흐잇!

잠도 그냥 잠이 아닌 늙은 잠은 맥없다.

약이 다해 똑딱거리길 그만둔 벽시계처럼이나 고요하다.

한밤중의 잠처럼 깊이 들었다가 눈뜬 저녁나절이다.

늙은 잠은 이제 부스럭대며 깨어났으니

그런대로 조금은 푸릇하게 살아나게 될 것이다.

그 잠깐의 생기로 노래를 부르다.

　　　이 풍진 세상을 만났으니

　　　너의 소원은 무엇이냐….

　　　(중략)

　　　이 맘이 족할까.

흐잇!

왼쪽 복숭아뼈

남들이 몸살이라고 하면 그깟 몸살쯤 했다.
그러면서 내 몸살기는 죽을 둥 살 둥.
서랍에 있던 생약 두 봉지에 몸이 가뿐해졌다.

남 아픈 건 별일 아닌 걸로 치면서
내 아픈 것, 고통스러운 일들은
지극히 통탄해 마지하지 말 일이다.
그러고도 몇 달을 두고 왼쪽 복숭아뼈 아린 걸
참아내지 못한다.
아프다 아프다 징징대다
복숭아뼈, 복숭아씨에서 움이 돋고 나무가 자라,
분홍 복숭아꽃 활짝 피어나게 생겼다.
복숭아 주렁주렁 달리게 생겼다.

춤

살아 있는 것들이라면 살아 춤추게 하라.
등때기가 간지러워 손을 집어넣어 보면 가느다란
머리올이 손에 잡힌다. 그 가느다란 머리카락마저
등판에서 옴작옴작 옴작인 것이다.

내가 기꺼이 나무 아래 나무의자에 망연히 앉아
하늘을 올려다보는 까닭은,
하늘의 구름, 나뭇잎들이 작은 바람결에도 사부작대는
것을 보고 싶어서다.
방 안 무수한 먼지가 오색 빛을 내며
고요히도 춤추는 걸 본 적 있다.
세상에 춤추지 않는 것은 없다.

무렵 2

가장 복된 시간은 커피물 주전자에 물을 반쯤 담아
가스불에 올려놓을 그 무렵.
약한 불에 여지없이 오오래.

이것저것 쓸거리 정리할 게 꽤 많다.
이런저런 일을 하는 동안 세월은 흐를 터이며,
나는 기껍게도 노쇠해 갈 것이다.
새로 피어나는 꽃잎을 보는 일조차
수없이 거듭되는 걸 보다 보면
생사지간은 절로 또 무심해질 것.

꼴

사느라 고달팠던 날 밤

늦은 세수를 한다.

비누칠 전인데 미끈거리며 코에 후줄근한 냄새가 와닿는다.

하루 사느라 진땀, 그냥 땀,

어느 날은 눈물기, 그 위에 먼지까지

그걸 따끈한 물에 비누칠, 말끔히 헹구고 헹궈

수건으로 물기를 거둬낸다.

내일 또다시 후줄근해진다기로 견딜 만한 일.

그럭저럭 열심히 산 꼴이긴 하다.

소리

아파트 뒷길에 나뭇잎이 수북이 떨어져 있다.

잎사귀 한 장 한 장이 잘 보일는지 눈여겨 바라본다.

눈에 들어오는 것들마다 내겐 귀하다.

예전에도 그러긴 했는데 지금은 좀더 그렇다.

햇살에 고루 잘 말린 나뭇잎새들이

부스럭부스럭 소리를 낸다.

마른 나뭇잎새들, 그 소리 귀에 서로 살갑다.

발뒤꿈치, 발가락들에게 정겹다.

애호박

애호박을 새우젓 간하여 들기름에 들들 볶을 생각에
송송 잘라놓고는 그냥 잤다.
잘린 애호박은 밤새 둥둥 말랐겠지.
애가 탔겠지.
뭐, 짐짓 말려서 나물 볶아 먹기도 하는 걸.

살아가는 일에 도무지 애태울 건 없다.

어르신

어르신보다 할머니라 불리는 게 훨씬 낫다.

어르신이라 불리면 꼼짝없이 어른스러워야 할 것 같다.

더하여 어르고 달래면 곧 넘어갈 어리숙빼기를

칭하는 듯싶다.

누군가 내게 어르신이라 부르면 하루 종일 투덜대고 싶다.

차라리 고무신이 낫지.

차라리 나막신이 낫지.

차라리 짚신이 낫지.

생일

오늘이 음력으로 맞는 생일이므로
속으로 생일, 생일 되뇌었다.
아무리 뇌어도 실감 안 난다.
이유가 뭐지? 했는데 알아냈다.
生日은 살아 있는 날이니,
오늘만 말고 날이면 날마다가 다 生日인 것이다.
오오, 이제야 그걸 깨우치다니!
이번 생일은 헛되지 않다.

꾸겨지다

꾸깃꾸깃 꾸겨진 겨잣빛 남방.

다려 입어야 할 판인데 기냥 입는다.

어차피 쭈글쭈글 꾸겨질 노년 아니더냐.

몰라서들 그러지

꾸겨진 옷감은 파도 같고 물살 같아 한결 시원하다.

그걸 몸에 걸치고 있는 인간 또한

꾸깃꾸깃 꾸겨져 있어도 괜찮겠다.

빤질거리지 않아도 된다.

터득 2

시럽이 든, 좀 빳빳한 약봉지를 열어 약을 먹을 적
입술을 안 베이고 먹는 방법을 스스로 터득했다.
약봉지를 동그랗게 벌려 90도 회전,
날카로운 쪽을 입술 가장자리가 아닌 상하로 놓아
빨아 마시면 문제될 게 없다.
이걸 터득하기까지 70년 걸렸다.

바람기

작은 선풍기를 꺼내놓았다.

바람이 내게 분다.

방 안 공기가 표시 안 내면서 가만가만 흐른다.

작은 바람 소리가 윙윙 귀에 들린다.

이 세지 않은 순한 바람기, 잔조로운 소리가 마음에 든다.

나는 늘 그 지경쯤으로 바람을 피워왔다.

앞으로도 그 지경쯤으로 바람 피울 작정이다.

나중까지도 설레며 가벼이 파들대고 싶은 것이다.

호강

자자니 시간이 아깝고, 깨어 있자니 무더위에 정신이 없다.

남들은 뭐하나?

에어컨 틀고 선풍기 켜고 이야기 나눌 사람도 없고,

전화할 데도 마땅찮다.

심심한 것도 쓸쓸한 것도 무료한 것도 아니며,

음악을 듣자니 귀 앞이 시끄러울 테고,

이른 저녁을 먹자니 반찬이 구태의연하다.

그럭저럭 덜그락달그락.

이른바 호강에 겨운 것이렷다.

복을 누리다

지난 여름 담근 오이지로 만든 무침과

국물만 쪽 빨아먹어 남은 김치찌개 건더기,

상추 몇 잎으로 반 공기 잡곡밥 아침을 먹었다.

반찬통 뚜껑도 혼자 잘 여닫고 젓가락질도 잘 하고….

이만하면 되었다.

조금 뒤 주먹만 한 참외 한 개 깎아 먹고,

더 뒤 기분 보아 분위기 파박 잡고

뜨건 커피를 촌촌히, 여유 떨며 마시면 조금 더 기쁠 터이다.

추워서 도로 꺼내놓은 전기난로 한 줄 켜놓았다.

전기난로의 주황 빛줄기가 따사롭고도 온화하다.

오늘 나의 하느님이시니 더 바랄 게 없도다.

하루

이래도 저래도 세월은 흐른다.

흐르는 세월은 천만다행이다.

기쁨마저도 너무 오래 머물면 지루하다.

하루 밥으로만 세 끼는 지루하다.

국수나 만두, 찐 고구마로 한 끼는 때워야 옳다.

세 끼 챙기는 사이 세월은 또 잘 간다.

오늘 하루도 그렇듯 갔다.

쇠털처럼 많은 하루하루다.

믿음

은행잎, 샛노랗게 물든 잎 다 지고 말겠다.

한껏 가벼워진 물든 나뭇잎들.

인생도 갈 무렵이면 저쯤으로 가벼울 것을 믿음.

간밤 바람이 드세

질 잎은 다 지고 말았을 것이다.

낭만

낭만이 다 떨어져 중랑천 둑길에 갔다.

오오, 잔뜩 낭만적인 나무의자.

혹시 날 기다린 거니?

가만히 가서 앉는다.

이런! 내 몸이 나보다 먼저 내려와 앉아 있는 낙엽보다

문득 가벼워지고 만다.

게다가 낙엽들은 올밋쫄밋 달싹인다.

저 애들이 바람에 날리면 나도 날아갈지 모른다.

나무의자 귀퉁이를 잡은 손에 힘을 꽉 준다.

조화

비가 온다.

오려거든 한 닷새 내리지.

가도 가도 왕십리 비가 내린다.

아조 잠깐만 베란다 창을 열고

10층 아래 아파트 뒷길을 내려다보았다.

가느다란 빗발 가운데 나뭇잎들이 붉고 또 노랗다.

빈 가지, 맨 가지를 드러내기 전 치장이 곱고도 짠하다.

나무는 잎을 모다 떨군 맨몸이어도 가늘고 굵고 곧고,

또 비틀린 나뭇가지의 짜임이 조화롭다.

감추고도 조화를 이루다.

농담

베란다에서 창을 열고 앞산인 배봉산을 바라보았다.
바람은 차다.

　　누가 보았는가
　　부는 바람을
　　아무도 보지 못했지
　　저 부는 바람을

노래 가사 한 구절이 떠오르다.
이 가사는 구슬퍼 목이 메려 한다.
농담처럼 또 살아내야 할 하루다.

동지 지나

쌀을 불려 밥 짓는데 좀 많다.

이 밥 지어 언제까지 혼자 다 먹누.

동지 지난 지 보름쯤 되었다.

동지 지나고부터 해는 조금씩 길어질 터.

아파트 뒷길 나무의자에 좀더 오래 앉아 멍때려도 되겠다.

바람 앞에 앉거나 기대어 이대로 風葬풍장, 그럴 수도 있겠다.

오래 살다 보니 근심도 낙이 되었다.

뒤안길에 선 나무들이 샛눈을 뜨려 한다.

수심을 지우듯이 낮은 길어질 작정이다.

겁 없이

요즘은 뭐든 잘 잊는다.

잊고 마는 것이 나쁘게 생각되지 않으니 다행이다.

어찌 세상일을 일일이 기억하며 살아가나.

더러 잊기도 해야지.

어떤 일은 있지도 않았던 것처럼 씻은 듯 가뿐히 잊는다.

까맣게 잊고는 하하하, 웃는다.

겁 없이도 웃는다.

이따금

명란젓을 다져 달걀 푼 그릇에 넣고 저었다.

파도 송송.

얇게 부쳐내자 명란젓 달걀말이.

밥은 그 한 가지로 한 공기 다 먹었다.

식후 복용약이 몇 가지나 되어 아침을 걸러선 안 된다.

조금 더 살아봐야 그닥 호강할 일도 없건만

아아,

이따금 중랑천 둑에 가려면,

이따금 통닭을 뜯어 먹으려면,

이따금 옴살과 까칠과 변덕을 떨려면,

이따금 덜 된 뺑을 치려면

살아 있는 쪽이 조금 더 나을 것이다.

주눅

이따금 별일 없이도 주눅이 드는데,

주눅이란 낱말은 주눅과 참 잘 어울린다.

'주글 만큼 누그러들다'라는 뜻 같다.

오후부터 주눅이 들기 시작했다.

내가 주눅이 드는 대신 누군가의 기가 살아난다면

그것도 나쁘지는 않을 일.

자기 전까지 주눅을 붙잡고 있을 예정.

정답다

우체국에 가는데 손모가지가 시려웠다.

발모가지도 조금 시려웠다.

춥다고 한겨울 바지를 꺼내 입을 수는 없다.

더 추운 겨울에는

이불을 뒤집어쓰고 다니게 될지 모르니. 캐캐!

김치부침개가 맛있을까, 애호박부침개가 맛있을까?

생각만 스물두 번 넘게 했다.

인스턴트 커피 마실 생각은 세 번 했다.

세 번 생각한 것이 실행에 옮기기는 더 쉽다.

정다운 찻물 주전자를 정다운 가스불에 올려놓고

정다운 물을 끓이는 중이다.

아침

끝채

마요병

개미

뭐껌

안

껌

잠

대

大
판

大

핀

새해

좀 춥구나, 했더니 영하 9도란다.

등걸이를 걸치고 난방과 난로를 올린다.

여학교 때 조개탄 난로 생각이 난다.

불붙는 내음과 연기만으로도 훈기가 느껴지던 때.

한 해의 마지막날 밤을 거의 매번 혼자

조용히, 고요히 보내왔다.

오늘도 그렇다.

돌이켜 후회, 반성하지도 않고

느닷없이 새로운 계획을 세우지 않으면서.

큰 글자 새 달력을 바꿔 걸어놓긴 했다.

올 달력도 열두 달이다. 열 달이나 열세 달이 아닌.

손

해도 해도 끝이 없는 할일들이 줄서 있다는 것은
다행일지 모른다.

'할일 모두 마무려 더이상 없음.'

그렇게 되면 남은 일월을 어찌할 것인가.
부엌에 가면 부엌일이, 방에 서면 방의 일이
차례도 없이 손길을 기다린다.
손도 그걸 안다.
더이상 할일이 없어 무렴해진 두 손은
처신을 어찌할지 난처할 것이다.

그 몇

단골 약국 한쪽 옆에 앉아, 처방전을 내고
약 나오길 기다린다.
잘 차려입은 여자 하나가 얕이 보는 눈길을 보낸다.
학벌이 있어 뷘다. 좋은 옷도 여러 벌 있어 뷘다.
나는 대학 문턱에도 못 갔고,
입을 옷도 계절 따라 값싼 서너 벌뿐이다.
학벌이 없다 보니 학맥, 인맥도 없다. 있는 건 혈맥뿐.
모, 아모래도 좋다.

다만 조빗조빗 다가왔다가
별 볼 일 없는 그다지 덕 볼 일 없는 선배로군, 하며
멀어지고 마는 그 몇.
사실이지 나는 글쓰기도 버거운 독거미이며,
덕이라곤 변덕밖에 갖춘 게 없으니
쉬이 돌아서려면 다가오지 마시라.

이내 등돌리고 만 그대 뒤에서

어쩌면 난 소금에 절여진 푸성귀 같아질지니.

처음부터 나는 아무렇지 않게 학벌도,

제대로 된 옷 한 벌도 없어왔다.

안도

사람이 노상 같을 순 없다.

오늘은 맘도 몸도 조금 무겁다.

이런 날 낮잠까지 자면 더욱 처지는데 낮잠까지 자고 말다.

겉옷 챙겨 들쓰고 차가운 바람 속을 뚫고 나갔다 와야

할 것이다. 저어기 우체국까지.

날은 춥고 양 무릎도 꼬이며 눈은 불안할 것이나,

그로 하여 자세하게도 살아 있음을 체득할 것이다.

돌아왔을 시간에 날은 이미 저물어 있을 것이며,

나는 까닭 없이도 깊이 안도할 것이다.

실패

시집갈 때 엄마가 사주신 43년 된 목조 실패.

지내오는 그간 을매나 숱한 실패를 거듭하며 살아왔던가.

그중 人事 실패가 두드러진다.

인간이 무던치 못하다 보니.

그래도 모, 후회는 읎다.

실패는 萬事다.

실패는 여전히 실이 많이 감겨 뚱뚱하게도 남겨져 있다.

무당집

ㅣ 4목

무당집

열두어 살도 아니었을 무렵 이맘때였다.

강화 초지 장안말,

나무라곤 없는 벌거숭이산 둔덕을 혼자 넘어서 갔다.

아무도 깨어 있지 않은 이른 새벽길을.

길가 외딴 무당집 작은 방에서 불빛이 새어나오고 있었다.

들머리 쪽에서 바람이 횡횡 불어왔다.

들머리 제방둑이 반 넘어 쌓여가는 중이었다.

내가 살고 있던 집의 뒷산은 들머리 둑을 쌓는 흙으로

벌겋게 깎여 벌거숭이산이 되었다.

무당집 뒤 비탈길을 올라서면 성공회 성당이 있고,

그곳에서 왼쪽 길로 꺾어지면 대추나무가 있었다.

나는 대추나무 아래 서서 대추 열매가 얼마나 굵어졌는지,

둔덕 아래 산딸기는 언제쯤 빨갛게 익을지

초록 이파리를 뒤적였다.

너무도 이르게 깬 새벽 하릴없이 오 리 길을 돌아서

집으로 오는 길, 아직은 키가 덜 자란 옥수수 기다란 잎들이

서걱이는 소리를 냈다.

길가 외딴 무당집 작은 방에는 그때까지도 불 한 개가

켜 있었다.

육십 년 너머를 되돌아간 그 길,

키 큰 여자애 하나 걸어간다.

농담처럼 또 살아내야 할 하루다

펴낸날 2020년 11월 23일
펴낸이 유윤희
글과 그림 이상교
교정 교열 신현신, 유윤희
마케팅 유정희
본문 디자인 행복한 물고기
제작 제이오
펴낸곳 오늘산책

출판등록 2017년 7월 6일(제 2017-000141호)
주소 서울 서초구 서초중앙로 20길 23, 3층(서초구 창원빌딩)
전화 02.588.5369
팩스 02.6442.5392
이메일 oneul71@naver.com
ISBN 979-11-965830-1-9 03810

ⓒ 이상교, 2020

이 도서의 국립중앙도서관 출판시도서목록(CIP)은 서지정보유통지원시스템 홈페이지
(http://seoji.nl.go.kr)와 국가자료공동목록시스템(http://www.nl.go.kr/kolisnet)에서 이용
하실 수 있습니다.(CIP제어번호 : CIP2020045253)